백일의 낭군님

백일의 낭군님

〈백일의 낭군님〉 제작팀 지음

arte POP

인물 소개

이율 (나원득)

과거를 원망하는 그, 세자 이율

조선 최상위 계급의 완벽남. 문文과 무武에 능통하고, 조강·석강·야대·회강을 거르는 법이 없으며 일거수일투족에 한 치의 흐트러짐도 없는 완벽남 그 자체다. 머리 좋은 것은 말할 것도 없고, 밤낮으로 읽은 서책은 헤아릴 수 없이 많다. 게다가 '신궁'이라 불릴 정도로 화려한 활쏘기 실력까지 갖추었으니! 안 갖는 건 있어도, 못 가진 건 없는 왕세자 이율 되시겠다. 다만 행복하지 않았을 뿐. 궁 안에 있는 모든 순간들이 불편하고 불행했다. 그래서 "지금 나만 불편한가?"라는 말을 버릇처럼 해 주변을 불편하게 한다. 그런 그가 아버지를 대신해 기우제에 나섰다가 시신으로 돌아온다.

과거를 잊은 그, 송주현 원득이

홍심이의 낭군이자 '아·쓰·남', '아무짝에도 쓰잘데기 없는 남정네'라는 뜻이다. 송주현에서 머리 좀 여물었다는 남자면 다 할 줄 아는 장작 패기, 새끼 꼬기, 지게 지기… 아무것도 못한다. 그래도 다 이해한다. 어느 날 하늘에서 뚝 떨어진 기억소실 환자이기 때문.
어디서 왔는지, 이름은 무엇인지 기억을 잃은 채 얼떨결에 홍심이와 혼례를 올린다. 입만 열면, 손만 대면 사고를 쳐대서 홍심에게 매일 구박을 받지만 아랑곳 않는다. 기억은 잘 안 나지만 그에게 몹시 생소한 것이 구박이다. 절대 이런 대접을 받고 살았을 사람이 아닌 것만 같은 느낌적인 느낌.

조금씩 홍심과 가까워지고 진짜 부부의 정이 싹트려 할 때쯤, 원득은 자신이 누구인지 기억하게 되고, 아직 온전치 못한 기억을 가지고 다시 세자의 자리로 돌아간다. 다른 어느 때보다 삭막하고, 아무도 믿지 못할 구중궁궐 속에서도 홍심을 향한 사랑을 접을 수 없다.

한컷 한컷 매 순간 기억이었고 행복이었습니다.
여러분들도 그 기억과 행복을 느끼셨으면 좋겠습니다.
백오의 낭군을 사랑해주신 모든 분들에게
진심으로 감사합니다.

— 도 경 —

연홍심(윤이서)

과거를 숨긴 그녀, 연홍심

홀아비 '연씨'의 외동딸이자 송주현의 최고령 원녀다. 스물여덟이 되도록 만족스러운 싱글라이프였는데, 난데없이 혼인을 하란다. 왕세자의 명이란다. 비 안 오는 게 원녀·광부들의 책임이란다!

"헐… 왕세자 걔, 미친 거 아냐? 내가 혼인하면 비가 온다는 거야? 내가 뭐…. 신神이니? 도깨비니?"

'아버지 소개로 만나 혼인하기로 약조한 사내 원득이가 군역 마치고 오면 혼인하겠다'는 거짓 핑계로 혼인을 거부하다가 박영감탱이의 첩실이 될 뻔했다. 그마저 거부하다가 결국 관아에 끌려가 곤장을 맞는다. 장 백 대를 맞다가 사망에 이르기 직전, 하늘에서 뚝 하고 결혼할 상대가 떨어졌다.

원득이다, 원득이가 돌아왔다!

일단 사람은 살고 보자며 혼례는 올렸는데… 갑자기 나타난 원득이를 찬찬히 살펴 보니 빠져들고 싶을 만큼 크고 맑은 큰 눈에 꿀이 뚝뚝 묻어나는 음색, 귀티 나게 생긴 얼굴, 섬섬옥수까지…. 보고 있으면 은근히 설레기도 하… 지… 만…! 하는 짓을 보면 울화통이 터지고, 욕이 방언처럼 터져 나온다. 밥값도 못하는 주제에 입만 열면 불편하단다. 괜히 느낌적인 느낌이 불편하단다. 왕자병 제대로 걸린 이 사내, 보면 볼수록 심상치가 않다. 무예 출중한 건 물론이고, 언문이며 한문이며 글짓기 솜씨마저 예사롭지 않다.

"이 사내는 분명, 원득이가 아니……면 어때?!"

선 결혼 후 연애라 했던가. 점점 원득이가 좋아진다. 진짜 원득이가 아니어도 상관없을 만큼. 숨기고 있던 자신의 과거가 모두 들통 나도 괜찮을 만큼. 그런 그가 갑자기 사라졌다. 궁으로 갔단다. 어느 높은 양반집 귀한 자식일지도 모른다는 생각은 했어도, 궁이라니. 왕세자라니!
아버지도 마을 사람들도 다 잊으라고 하지만,
그럴 수 없다.

남지현

〈백일의 낭군님〉을 사랑해주신 또든 분들!
감사하고 사랑합니다♡

김차언

좌상. 조선의 국구이자 실세. 16년 전 반정을 일으켜 선왕을 끌어내리고 그 자리에 율의 아버지를 앉혔다. 바로 그날 윤이서의 아버지를 반역자라는 이름으로 살해한 것도 김차언이다. 모략으로는 당해낼 자가 없을 정도로 노회하다. 왕의 호위무사보다 뛰어난 검술에, 자신이 가고자 하는 길에 걸림돌이 된다면 누구든 가차없이 제거해버리는 냉혈함까지 갖춘 희대의 악인이다.

정제윤

지식은 브리태니커 백과사전급, 식견은 삼정승을 뛰어넘는 수준. 잡학, 잡기에도 능한 뇌색남이지만 앞길이 꽉 막힌 서자 출신이다. 아무도 풀지 못한 율의 수수께끼를 푼 덕에 그의 눈에 든다.
안면인식장애가 있어 사람을 잘 알아보지 못한다. 하지만 우연히 만난 홍심의 얼굴만큼은 또렷하게 보였다. 사랑에 빠졌다. 그런 그녀에게 갑자기 낭군이 생겨버렸다. 충심과 연심, 제윤 인생의 최대 난제가 찾아왔다.

김소혜

천하일색天下一色이요, 경국지색傾國之色이라.
세자빈. 조선의 실세 김차언의 딸. 세자 율과는 정략적으로 맺어진 부부이다. 율은 혼인 후 10년 가까이 빈을 품지 않았다. 권력과 정치에 도움이 되는 관계이니 이만하면 되었다 생각하며 살았다. 하지만 어느 날 회임을 한다. 세자와는 다정히 손 한번 맞잡은 적이 없는 세자빈인데 말이다.

무언(윤석하)

반정 때 아버지를 잃고, 어린 누이와 헤어졌다. 누이를 살리기 위해, 자신의 목숨을 구걸하기 위해 김차언의 살수가 되었다. 십여 년간 김차언의 명이라면 아무것도 묻지 않고 사람을 죽였다. 그런 그에게 처음으로 힘겨운 지령이 내려온다. 세자를 암살할 것. 임무 완수 후에는 자유롭게 보내주겠다는 김차언의 약조만 믿고 세자의 심장에 활을 쏘았다. 하지만 죽은 줄 알았던 이율이 살아 있었다. 살아 돌아온 것도 모자라, 힘들게 재회한 누이 동생의 낭군이라니?!

송주현 사람들

언씨　언제나 예쁜 것만 잘 줍는 프로 줍줍러. 고아가 된 이서도 주워다가 홍심이로 잘 키워주고, 신원미상의 원득이도 주워다가 홍심이 낭군으로 만들어준다.

구돌　스물여섯의 광부였다가 세자의 명 덕분(!)에 끝녀와 혼인한 송주현 이웃. 원득의 잃어버린 기억을 찾아 주려 노력하고 모르는 것도 많이 가르쳐준다. 본인이 잘생긴 줄 안다.

끝녀　홍심의 둘도 없는 친구. 구돌과 억지 혼인하는 날 울며 '이생망(이번 생은 망했쪄염)'이라는 명언을 남 겼으나, 그런 대로 깨 볶으며 잘 산다. 나이 차이는 좀 나지만 홍심과는 마음이 잘 통하고 비밀이 없다.

야곤　송주현 사람들 못 괴롭혀 안달인 박영감, 조현감과 마을 사람들 사이에서 나름 노력하는 박복은(본명) 씨. 얍삽해보여도 뒤에서 마을 사람들을 많이 봐주는 따뜻한 사람이다.

백일간의 기적

지금 나만 불편한가?

나는 이 동궁전에 들어와 6만 9천 349시진을 보내면서 단 한 번도 웃어본 적이 없는데,

이곳에 들어온 지 채 하루도 되지 않는 네가 웃는다? 저 새들 때문에 웃음이 난다?

저 새들이 죽는 게 나을까, 네가 죽는 게 나을까?

후사가 없다면, 어찌 완벽한 국본이라 할 수 있겠습니까.

하여, 그대와… 후사를 만들라?

소첩, 처음이자 마지막으로… 저하께 청하옵니다.
오늘밤 제게… 저하의 품을 허락해주십시오.

그 말을 떼느라 얼마나 힘이 들었을까…
헌데 어쩝니까.

내 마음이, 내 몸을… 어쩌지 못하겠는 것을.

음양의 조화라….
나 하나 음양의 조화를
이룬다고 될 일일까?

내달 그믐까지 팔도의 원너, 광부를

모두 혼인 시키라!

왕세자 병 걸리셨네. 이거 염병이 틀림없구먼!

팔푼이! 망할 놈의 왕세자!

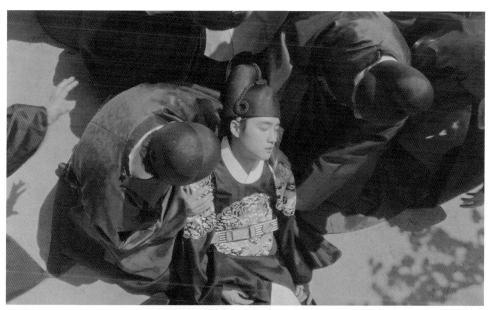

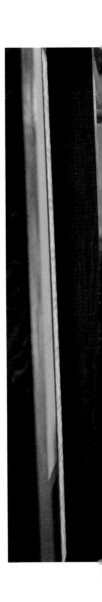

저하,

일어나셔야

합니다.

저하의 안위에

제 목숨이

달려 있습니다.

동주야. 오랜만에 탐정놀이를 해야겠다.

심증만으론 아무 것도 할 수 없다.
이 궁 안에서 나는… 누구도 믿을 수 없다.

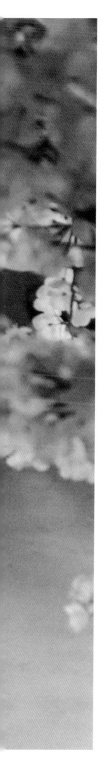

가긴 어딜 가?
아부지가 여기 있는데.

오라버니 찾아서
같이 올게!

"넌 눈이 좋아, 꽃비가 좋아?"
"난… 너. 내 너와 혼인할 것이다."

살아 있다면 바로 그 모습이었을 것이다.

어쩌하여 아직도 잊지 못하는 것입니까.

잊지 못하는 것이 아니다.
잊혀지지 않는 것이다.

도대체 왜….

나를 죽이려 한 연유가 무엇인가?

달포에 한 번씩 정해져 있는 검진을,
연달아 받지 않았다?
다정히… 손을 한 번 맞잡은 적이 없는데,
회임을 하였다?

가뭄으로 팔도가 피폐해졌다 들었는데,
이곳 천우산의 봄은 참으로 아름답구나.

저하께서 알게 되신 참혹한 비밀이 무엇입니까.

동주야… 돌아가면 피바람이 불 것이다.

더 이상 나를 위해 싸우지 말라. 명이다.

지금 이 순간 이후로 넌 너만을 지켜라.

벗으로서의 부탁이다.

목숨을 걸고 저하를 지키는 것이

제 사명이옵니다.

왕세자께서 혼인을 못하면 장을 치라, 그리 명하셨습니까?
믿지 못하겠으니 차라리 절 그 분 앞에 데려다주십시오!

멈추어주십시오! 원득이가 돌아왔습니다!
군역 갔던 원득이가 시방 돌아왔습니다!!!

내가 누구지?

이 아니꼽고 더러운 것들은 뭐지?

아무것도… 아무것도 기억이 나지를 않는다.

내 허기가 져 먹기는 먹었다만,

전반적으로 불편한 맛이다.

원득이는… 기억소실입니다!
그래도 딱 하나, 잊으면 안 되는 것이 있어. 물레방앗간에서의 그 밤!

나 아부지 원망 안 해.
다 죽은 목숨 거둬준 것도
얼마나 고마운지 몰라.

이쁘다, 홍심이···.
부럽다, 원득이!

제발 좀 뗄래? 해 지기 전까지는 가야 한다니까.

뛰고 싶지 않구나.
난 너처럼 종종걸음 치며 방정을 떨었을 것 같지가 않다.
어쩐지 느낌적인 느낌이.

혼례를 시작해도 되겠습니다!

거 봐! 홍심이 니가 혼인을 하니 비가 내리는 겨!

이 상황, 나만 불편한가?

아직 기억이
돌아오지 않았으니,
나의 몸에
손끝 하나도 닿아서는
아니 될 것이다!

밤사이 대체 내게 무슨 짓을 한 것이냐?!

저고리를 벗겼지.

설마 지금
밥투정을 하는 것은 아니지?

밥이 있어야
밥투정을 할 것 아니냐.
이건 밥이 아니라 먹이다.
흡사 개돼지가 먹는!

나는, 이대로 있어야겠다.

짚신을 신어보았으나 착화감이 좋지 않더구나.

하여 나는 이 흑화를 신어야겠다.

집구석이 더럽고 아니꼬와 손을 좀 봐 달라 했지.
중요한 것은, 그 사내가 내게 돈을 주었다는 것!

그 사내, 혹시 왼쪽 얼굴에 점 있어?

세상 쉬운 일이여. 그냥 서 있기만 하면 되거든.

사람이라면 도저히 할 수 없는 일이었다!

벚꽃 잎이 흩날리던 밤에… 나한테 말했잖아.

내가 좋다고… 혼인해달라고….

좋아했다면서, 내가 너를.

기다렸다면서, 네가 나를.

나 역시 괴롭다. 내가 누구인지 알 수 없어서.

내 기억을 떠올려줘. 내가 널 연모했던 기억.

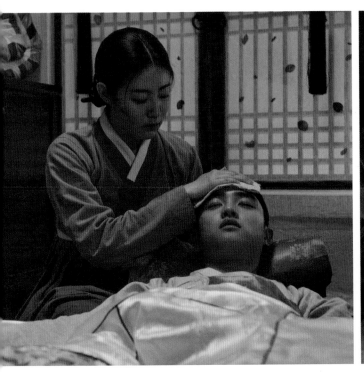
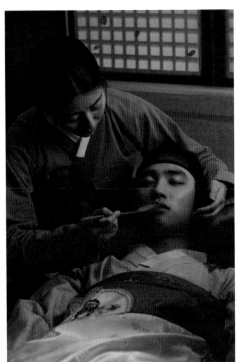
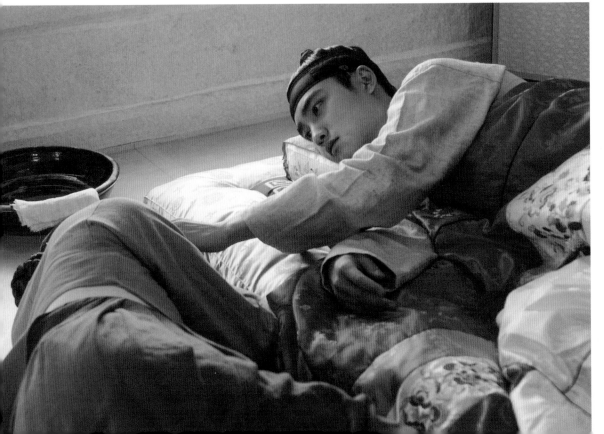

앞으론 절대 아프지도 말고 다치지도 말어.

니 몸은, 니 몸이 아니니께.

내게 사람의 얼굴은
물에 젖어버린 그림만큼이나
흐릿한 것인데…
그쪽 얼굴은 달랐소.
말간 눈도 발그레한 입술도
또렷하게 보였지.

처음엔 이상했고 나중엔 신기했고…
생각해보니 이건 운명이 아닌가…

어딜 가면 챙길 수 있느냐. 육전.

한 발짝도 움직이지 말거라. 내 허락 없이는.

누가 너더러 아쓰남이래. 원득이 넌 이제 아멋남이여. 아주 멋진 남정네!

몹시 불편해졌다.

좁아서 그려, 좁아서.
쫌만 참어.

좁아서 그런 것이 아니다.

오라버니? 나… 이서야, 윤이서…!

팔 묶어줄게.
피나잖아.

몇 벌 되지도 않는
치마를 찢으면,
대체 뭘 입으려고?

이깟 치마가 뭐라고!

오늘은… 건너가지 말거라. 명이다.

활을 쏴야 할 것이다. 안 그러면 이 년이 죽을 것이니.

괜찮은 것이냐!

괜찮겠어?
너 땜에 숨이 멎는 줄 알았구먼?

가지 마!

그냥 여기 있어.

내 옆에.

벚꽃문양이 새겨진 것을 사고 싶었으나
매화문 밖에 없었다.
내 나중에 꼭 벚꽃이 수놓인
꽃신을 선물하겠다.

저 영감탱이에게 고맙다고 해야 하나? 난 분명 활을 쏴 본 적이 있을 것이다.

그리고 아마도, 잘 쏘았을 테지.

마칠아! 마칠아! 야가 숨을 안 쉬어!

생일 축하혀. 생일 축하혀.
생일을 축하혀어어.
원득이 생일을 진정으로 축하혀!

나 또한 믿을 수 없다. 믿어지지 않는다. 내가…
병신년 출생이라니!

미안해, 오라버니. 기다리게 해서.

내가 내 발등을 찍었더구나.

기억이 돌아오지 않으면 손끝 하나 닿지 말라,

엄포를 놓았었다.

원득이는 위떠?

듬직해. 듬직해서 자꾸 기대고 싶어져

넌 원득이가 아니야.
니가 원하는 대로 해줄게.

내 마음은.
내 마음은, 어떻게 할 건데?

너도 알다시피 나는 원득이가 아니다.
처음 들었을 때부터 그 이름은 나와 어울리지 않는다는
느낌적인 느낌이 들었지.

이 혼인, 시작은 네가 했지만, 끝내는 것은 내가 할 것이다.
내가 끝을 내기 전까지는 너는 내 여인이고, 나는 네 낭군이다.

내가 누구인지 알아야 한다.
그래야 결정을 할 수 있을 것이다.
네 곁에 있어도 되는지, 떠나야 하는지.

너는, 내가 누구인지, 알고 있는 것이지?

답해라. 내가 누구냐.

너는 이미 죽었다.

너는 모든 이들의 기억 속에서 죽어 없어진 사람이다.

그러니 알려고 하지 마라.

네 존재가 드러나는 순간, 수많은 사람이 죽게 될 것이다.

안 오는 줄 알았어.

기억은 찾았어?

기억을 찾으면

안 올 거라고 생각했는데.

내가 안 올까봐 걱정을 많이 했나보구나.

한양도 나쁘지 않아 눌러 살까 생각도 하였으나,

이곳에 반드시 돌아와야 할 이유가 있었지.

아무래도… 원득이로 살기로 마음을 먹은 것 같아.

오래비 오면 원득이도 같이 데리고 떠나자.

원득이로 살겠다는 거야? 원득이도 아니면서?

난, 어떤 기억도 찾길 원치 않는다.

왜?

네 곁에 있고 싶어서.

저 자는 누구이기에
내 여인에게 수작인가.

지금 나만 불편한가?

저 작자가 내가 없는 사이

수작을 부렸다 하던데.

지금 질투라도 하는 거여?

왜 웃어?

예뻐서.

불안해. 행복해서. 기억 찾지 마. 어디 가지 마. 한눈도 팔지 마.

그럼, 수결이라도 할까?

⋮

이것이 나의 수결이다.

먼 길 가는데 짚신을 신고 가면 네 발이 망가지겠지.

신어라, 꽃신.

내 너와… 혼인할 것이다.

나랑 떠나면… 후회하지 않겠어?

네 곁을 떠나는 것이 더 후회가 될 것 같아서.

이게 내 대답이야.

나는 그대가 찾는 이가 아니다.
사람을 잘못 보았겠지.

궁으로 가서야 합니다.
세자빈마마께서 기다리고 계십니다.
저하의 아이를,
회임한 채로 말입니다.

서원대군은 국본이 되실 수 없습니다.

세자저하께서…

살아계시니까요.

그 사람은 어찌 되었느냐.

갑자기 헤어지게 되었다.

어떤 말도 나눌 새가 없었다.

마음에 담지 마십시오.

모두 잊으십시오. 궁금해 하지도 마십시오.

지난 백 일간의 일은 모두 잊으십시오.

눈빛이 달라지셨습니다.
전혀 다른 사람이 된 것처럼.

그럴지도 모르지.
궁 밖에서의 백 일은
몹시도 긴 시간이었으니.

보고 싶어서.
너 없인 살수 없을 것 같아서.

그래서 어쩌시려구요?
절 데려가 후궁이라도
삼으시게요?

못할 것도 없지.

이것이…
우리 인연의
끝입니다.

지금 나만 아픈 것이냐?
넌 이렇게 떠나도 상관없다는 것이냐?
우리가 한 것이 사랑이 아니면
그게 무엇이냐.

나다, 팔푼이.

어떻게 그걸 아직도 갖고 있어?

평생 널 그리워했으니까.

기억을 찾은 거야?

아니. 오직 너만.

내가 널, 다시 찾을 것이다.

내가 먼저다.

네가 그 다음이고.

불행 중 불행입니다.

잠시 저와 잠행을 나가시지요.

기억이 나질 않으십니까?

…양내관이다.

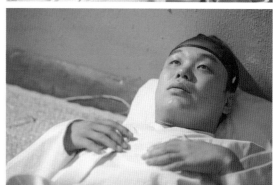

그냥 가기엔 내가 너무 정의로워서.

나는 이 양반나리보다
성격이 급하고 포악해서.

237

괜찮은 것이냐.

예. 별일 아니었습니다.

나란히 걸으면 얼굴은 언제 봅니까?

얼굴이 야위셨습니다.
궁에는… 네가 없으니까.

나는 너를 처음 본 순간부터 마음에 담았다.

나는 만나지 못한 너의 스무 살을 사랑했다.

그리고 앞으로 남은 너의 수많은 날들을 사랑할 것이다.

지금 네 앞에 있는 이는 세자가 아니다.

원득이다.

오늘 이 밤까지만
좋은 기억으로 남겨두십시오.

내 편이라 믿어 의심치 않았던 좌상이 나를 죽였다.
내가 알아낸 참혹한 비밀을 감춰야 했기 때문이다.

나를 죽여서라도 반드시 덮어야만 했던 그 비밀은…

빈이 다른 사내의 아이를 가졌다는 것!

내 오늘 밤은 오래도록 빈과…
함께 있어야겠습니다.

한 나라의 국본이 무武를 게을리 해서야 되겠습니까.

반정만 아니었다면 우린 혼인을 했을 테고,

이렇듯 어렵게 만날 일도 없었겠지.

차라리 내가… 진짜 원득이라면 좋았을 텐데….

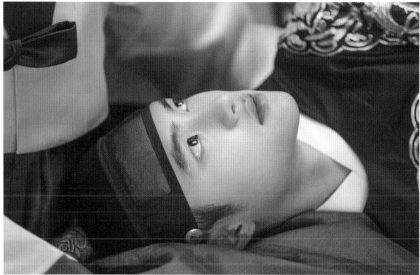

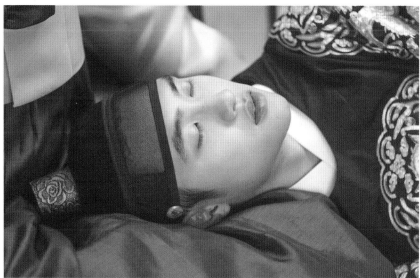

저하께서는 전장에 나가실 수 없습니다.

물러서라.

이대로 가시면… 죽습니다.

나는, 죽으러 가는 것이다.

이제 윤이서라는 이름을 찾아라.

그리고… 나와의 혼인 전으로 돌아가도 좋다.

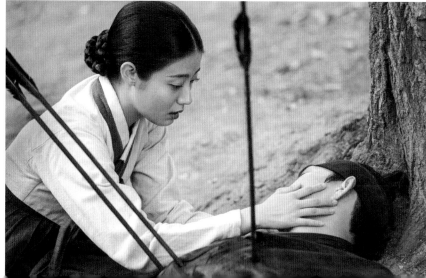

저하는 제가 태어나
처음으로 만난 벗이었습니다.
그 벗이 어느 날 궁에 들어가
세자저하가 되었습니다.
하여, 만날 수가 없었습니다.
그때부터 제 꿈은 저하의 호위무사가 되어
저하의 곁을 지키는 것이었습니다.

반드시 살아 왕이 된 저하의 곁에
제가 있겠습니다.

오늘은 눈이 내렸다. 흩날리는 눈을 보니 네 생각이 났다.

네가 물었었다. 눈이 좋은지 꽃비가 좋은지.

몇 번을 물어도 나의 답은… 너다.

세자저하는 가셨을지 모르나, 원득이는 아직 안 갔다.

기억하느냐?
오늘은 너와 내가 혼인을 했던 날이다.

인생은 두 가지 길이 있다고 한다.

하나는 아무것도 기적이 아닌 것처럼 사는 것이고,
다른 하나는 모든 것이 기적이라고 생각하며 사는 것.

돌이켜보면 네 낭군으로 살았던 그 백 일간은 내게…
모든 순간이 기적이었다.

뒷이야기

내가 먼저 찾을 거야!

우린 하나여!

더운 여름 날

진지충이라고 아느냐?

갱장허네!

김종진 촬영감독

이야기의 흐름이 끊기지 않기 위해선 극중 장소들이 연결돼야 했다. 송주현 마을 실제 촬영지였던 순천 낙안읍성과 문경새재가 드라마상에서는 한동네인 듯 연결했다. 궁은 차가움과 웅장함으로 그 권위를 나타냈고, 송주현 마을은 따뜻한 분위기의 석양, 돌담, 초가를 통해 사람냄새가 느껴지도록 연출했다.

이강현 미술감독

세트와 소품은 원색적인 요소를 되도록 지양하고, 낮은 채도의 색조를 주로 사용했다. 궁과 송주현 마을, 그리고 김차언의 집 등 각 공간에 따라 소품과 구조를 달리하여 캐릭터의 차별성을 드러냈다. 동시에 이질적인 느낌이 들지 않도록 유사한 계열의 색상을 사용하였다

전병윤 조명감독

아름답고 착한 송주현 마을을 표현하기 위해 최대한 자연광을 이용했으며, 해의 방향을 체크하여 그 빛에 따라 기준을 정하고 조명을 활용했다. 송주현 마을과 달리 궁궐은 화려함을 살리기 위해 화면 안에 항상 하이라이트 부분을 만들어 표현했다.

이동환 DI감독

특색을 느낄 수 있게 하자는 의견을 바탕으로 세련되고 아름다운 영상미에 포인트를 줬다. 송주현 마을은 동화 같은 느낌을 위해 따스하고 부드러운 톤으로 작업했으며, 반대로 자칫 무겁게만 보일 수 있는 궁은 강한 색감의 파랑, 초록을 가미하여 차별화했다.

김정원 의상디자이너

전통 의상에서 크게 벗어나지 않으면서 모든 배우들이 캐릭터에 잘 녹아들 수 있도록 전체적으로 색감에 포인트를 줬다. 화려하고 디테일이 많은 궁중 의상뿐만 아니라, 서민 의상에도 신경 썼다. 송주현 마을 사람들의 밝은 마음을 표현하기 위해 색감이 가미된 서민복을 연출했다.

김준석 음악감독

기존에 준비해온 음악의 약 80%를 뒤집고 다시 시작할 정도로 각별히 신경 썼다. 이율과 윤이서의 비극적인 운명, 깊은 사랑을 표현하기 위해 뭔가 차별점이 필요했다. 기억을 잃고 혼인을 올린 두 사람은 마냥 행복해 보이지만, 그들의 애절하고 안타까운 사랑도 놓치지 않길 바랐다.

정세린 음악감독

두 남녀 사이에 켜켜이 쌓인 서사를 멜로디와 악기로 어떻게 구현해낼 수 있을까 고민을 많이 했다. 첫 끌림은 맑은 톤의 악기와 멜로디로, 그 안에 얽혀 있는 비극은 중저음대의 첼로 솔로와 풍성한 오케스트라 현을 이용했다. 현지 녹음 당시, 체코 프라하 심포니 오케스트라(CNSO) 지휘자에게 극중 장면을 보여주니 테크닉보다 감정 표현에 심혈을 기울여주었다. 사극 전통음악의 색채를 잃지 않기 위해 서양 솔로악기를 대신할 수 있는 국악기를 곳곳에 배치했다.

최중원 편집감독

율과 이서를 비롯한 모든 캐릭터들의 상황과 감정 변화를 입체적으로 보여주고자 했다. 시청자들의 즉각적인 반응을 알 수 없는 사전제작의 리스크를 줄이기 위해 촬영 기간에도 편집을 진행했다. 추가촬영이나 재촬영이 필요한 부분은 바로 의견을 제시하고 보완하여 완성도를 높였다. 지루하지 않고 속도감 있게 편집함과 동시에 엔딩은 임팩트 있게 마무리하려고 신경 썼다.

스튜디오드래곤 소재현 피디

작가님, 감독님, 배우들, 각 파트의 제작진들의 노력과 환상적인 하모니가 있어서 가능했던 작품입니다. 많은 분들이 아낌없이 응원해주시고 사랑해주셔서 감사합니다.

백일의 낭군님

 STUDIO DRAGON

기획 최진희 | **책임프로듀서** 이찬호 | **프로듀서** 소재현 김예지
사업총괄 유봉열 | **컨텐츠비지니스** 채지탁 임하영 김민정
드라마사업 김지은 | **경영지원** 장세정 강아경 김수연 최지은 박지연 김지연 강지원

tvN

tvN총괄기획 이명한 | **tvN운영총괄** 김제현 | **마케팅총괄** 김재인 | **마케팅** 강옥경 오뜨락 이슬기
편성총괄 이기혁 | **편성** 이상화 박주연 서계호 | **운행** 손지영 박하린 최윤정 | **심의** 홍주리 이지나 윤정아
홍보 윤미정 이상훈 | **홍보대행** [블리스미디어] 김호은 조유진 | **웹기획운영** 양희선 김은지

 에이스토리

제작 이상백 | **제작총괄** 김세아 | **제작프로듀서** 박지혜 곽현정 | **라인프로듀서** 이세원 류형수
제작경영지원 이현진 박경빈 배애영 김유선 강지수

촬영 김종진 이충희 최용순 이상훈 | **촬영포커스** 김태권 박찬희 김영민 박세훈
촬영팀 김윤삼 박계룡 박준하 최연수 윤준상 김가빈 이두희 염기수 엄홍식 김희원 김승환
DIT [데이터팩토리] 이수진 서동실 한이슬 이정주 [롤세이브엔에스라인] 김주하 김하린
조명 전병윤 손윤희 | **조명1st** 김병석 안상진 | **조명팀** 박세호 임길종 김요환 윤희재 권승현 김병욱 김광수 성수언 김은총
발전차 김태일 김병수 | **동시녹음** 윤항노 우민식 | **동시팀** 최준 김하늘 조성덕 황규빈 | **그립** 지기용 | **그립팀** 추연빈 이호석

미술제작 [studio605] | **미술** 이강현 | **미술팀장** 김보라 | **미술팀** 최예송 한진솔
세트제작 [도담터] 서윤ור 함지훈 김민우 박현우 | **소도구** [모도아트] 진성구 김기환 서상원 최장수 고태우
세팅지원 김성훈 이경한 | **푸드스타일리스트** 강민희 | **분장** [바이예랑] 안승철 정해랑 박은지 전유진 김다정 이진욱 | **미용** [바이예랑] 문순정 이진이
의상 [예종아트] 김정원 | **일러스트디자인** 이문안 박준혁 | **의상팀** 이소영 김보미 조해연 김은주 권하나 박민정
무술 홍상석 | **무술지도** 옹시맥 | **특수효과** [디엔디라인] 도광섭 유명환 도광일 김창규

편집 최중원 | **서브편집** 최소희 | **편집어시스턴트** 최유진 최수빈
음악 [무비클로저] 김준석 정세린 | **음악스탭** 구본춘 이윤지 노유림 이루리 김현주 서예린 주인로 김정완 박혜민 | **음악믹스** 박승천
OST 제작 마주희 김민호 김정하 [팝뮤직] 김진석 정성민 조성범 노성규
SOUND SUPERVISER/MIX [STUDIO 26miles] 오승훈 박윤정 | **SOUND EFFECT** 문성용 노효민 김상윤
CG [Mindpool] 조봉준 김주성 김률호 김준호 박보람 채리나 방희진 오미라 이순호 김희진
D.I/종합편집 이동환 | **4K수퍼바이저** [알고리즘] 조희대 김경희 심온 곽선구 | **자막** 김현민 김민경
예고 이민희 타이틀 박상권 우정연 이학진 | **포스터** [빛나는] | **캘리그라피** 강대연
캐스팅 박병철 황은희 | **아역캐스팅** 라선화 김동희 | **보조출연** [하늘예술] 김정민 김광수 김갑수 김주민
스틸 [그라피오다] 윤새미 | **메이킹** [퍼블리칸비디오] 김재원 석다영
스탭버스 [동백관광] 김영식 문명수 남상배 이금암 | **진행차량** [다인렌트카] 천예성 남기천 김외특 이용범 이석중
소품차량 박근용 김복만 김순정 | **의상차량** 최재범 전영선 | **특수차량** [셀아트] | **승마** [문경승마] | **동물출연** [페키니즈토토] | **대본인쇄** [슈퍼북]
서예자문 이주형 | **역사자문** 조경란 | **보조작가** 윤지현 오아녜스
섭외 박한범 안준현 박성배 김종원 유지현
SCR 백은혜 양세인 | **FD** 이경구 정경환 송금석 한유진 김나연 | **조연출** 최동숙
극본 노지설 | **연출** 이종재 남성우

백일의 낭군님

1판 1쇄 인쇄 2018년 11월 16일
1판 1쇄 발행 2018년 11월 23일

지은이 백일의 낭군님 제작팀
펴낸이 김영곤
펴낸곳 (주)북이십일 아르테팝

미디어사업본부 본부장 신우섭
기획·편집 이은 | **미디어믹스팀** 강소라 이상화 곽선희
미디어마케팅팀 민안기 김종민 정지은 정지연
영업팀 권장규 오서영
홍보팀장 이혜연 | **제작팀장** 이영민

출판등록 2000년 5월 6일 제 406-2003-061호
주소 (우 10881) 경기도 파주시 회동길 201(문발동)
대표전화 031-955-2100 | **팩스** 031-955-2151

(주)북이십일 경계를 허무는 콘텐츠 리더

아르테 채널에서 도서 정보와 다양한 영상자료, 이벤트를 만나세요!
가수 요조, 김관 기자가 진행하는 팟캐스트 '[북팟21] 이게 뭐라고'
페이스북 facebook.com/21artepop   블로그 artepop.kro.kr
인스타그램 instargram.com/21_artepop   홈페이지 arte.book21.com

ISBN 978-89-509-7811-2 (03810)